月夜和眼鏡

小川未明＋げみ

初出：《紅鳥》1922年7月
初出標題：〈月夜和眼鏡〉

小川未明

（1882～1961）生於日本新潟縣，享有「日本的安徒生」的美譽。就讀早稻田大學英文科期間師承坪內逍遙與小泉八雲，撰寫小說與童話。代表作包括《紅蠟燭與人魚》、《野玫瑰》等。

繪師・げみ（閨蜜）

（1989～迄今）生於日本兵庫縣三田市。自京都造形藝術大學美術工藝學科日本畫專修課程畢業後成為插畫家，活躍於畫壇。作品包括《蜜柑》（芥川龍之介＋げみ）、《檸檬》（梶井基次郎＋げみ）、《夢想曲》和《春天的旅人》（上述兩冊皆為村山早紀＋げみ）以及《げみ作品集》。

從鎮上到郊外，
映入眼簾的盡是一片綠意盎然，蒼翠欲滴。

這一晚，月華如水，萬籟俱寂。有位老奶奶住在鎮郊，在這個闃靜無聲的夜裡獨坐窗畔做針線。

油燈的火光為屋子帶來柔和的明亮。上了歲數的奶奶老眼昏花，沒法把線順利穿入針眼，只得湊向油燈，瞇起眼睛，用她那爬滿皺紋的手捻著線，試上一遍又一遍。

月光灑落，將大地染成一片柔柔的藍，樹木、屋宅和山丘宛如浸浴在微溫的水裡。做著針線的老奶奶浮想聯翩，時而憶想年輕時的自己，時而思念遠方的親友以及住在外地的孫女。

周圍一片寂靜，唯有擺在櫃子上的鬧鐘發出滴答滴答的聲響。偶爾從遠處傳來一些聽不真切的聲音，聽起來像是熙來攘往的鬧市裡的吆喝叫賣，還有火車隆隆駛過。

老奶奶就這麼悠哉安坐，幾乎連自己此時在哪裡做什麼都渾然不覺，彷彿進入了夢鄉那般舒心愜意。

忽然間，屋門外響起了叩叩的敲門聲。老奶奶耳背，側過頭想聽個分明，心裡嘀咕著這麼晚了不該有訪客，想必是風聲吧。風兒總是像這樣漫無目的地掠過原野，穿過小鎮。

窗外緊接著傳來輕微的腳步聲。有別於以往，老奶奶這回竟然聽得清清楚楚的。

「老奶奶！老奶奶！」有人喚她。

老奶奶起初以為自己聽錯了，不禁停下了手中的針線。

「老奶奶，請開窗！」那個聲音如此喊著。

老奶奶忖度著會是誰呢？她起身開窗，皎潔的明月將外面的景物照得亮如白晝。

窗下站著一個身材矮小的男士抬頭望著她。這位蓄鬍的男士戴著一副黑框眼鏡。

「您是哪位？我不認得呀。」老奶奶問道。

老奶奶看著這個素未謀面的男士，心想他大抵找錯門了。

「我是個賣眼鏡的，各種款式的眼鏡應有盡有。初次來到貴寶地，真是個好地方，簡直像人間仙境。今晚趁著月色正美，出來沿街兜售，做做生意。」男士如此解釋。

老奶奶正為了眼睛不中用，總是沒法穿針線而煩心，聽男士這麼一說，隨即問道：

「能幫我挑副合用的眼鏡嗎？」

男士一聽，立刻打開了手提箱，從中擇選適合老奶奶配戴的眼鏡。半晌過後，他拿出一副偌大的玳瑁框眼鏡，遞給了探出窗外的老奶奶，說道：

「有了這副眼鏡，保證您看得一清二楚！」

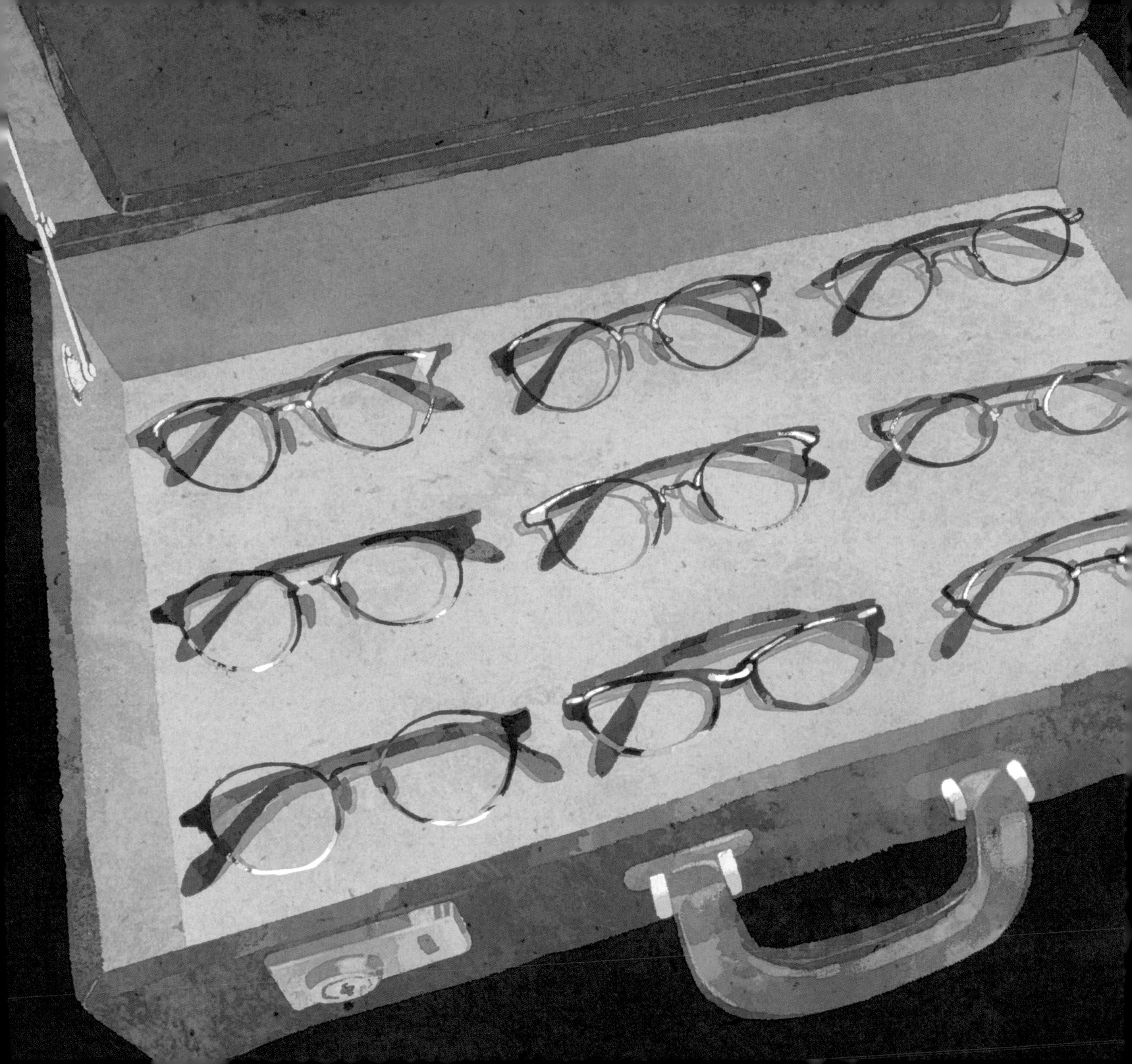

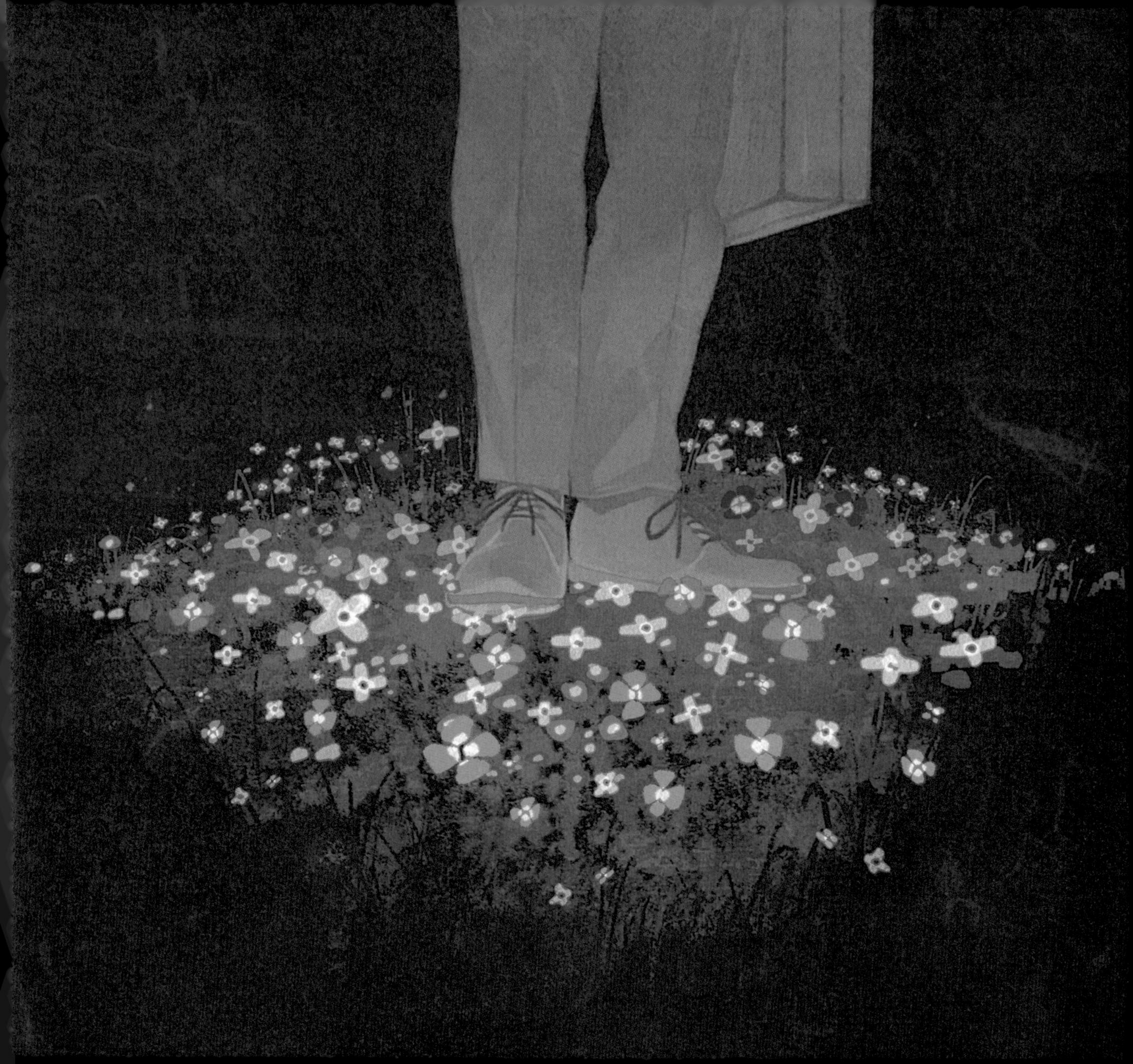

朦朧的月光中，窗下男士的腳邊綻放出一片白花、紅花、藍花等等各色花朵，散發著芬芳。

老奶奶戴上眼鏡，看向鬧鐘和日曆，上面的每一個數字無不清晰可辨，彷彿回到了數十年前自己還是個姑娘的時代，任何東西沒有看不清楚的。

「好，我買了！」

欣喜萬分的老奶奶當即買下了這副眼鏡。

那位戴著黑框眼鏡、蓄著鬍鬚的男士收下老奶奶支付的眼鏡費用之後便告辭了。他離去以後，那些花朵依然在黑夜裡散發著香氣。

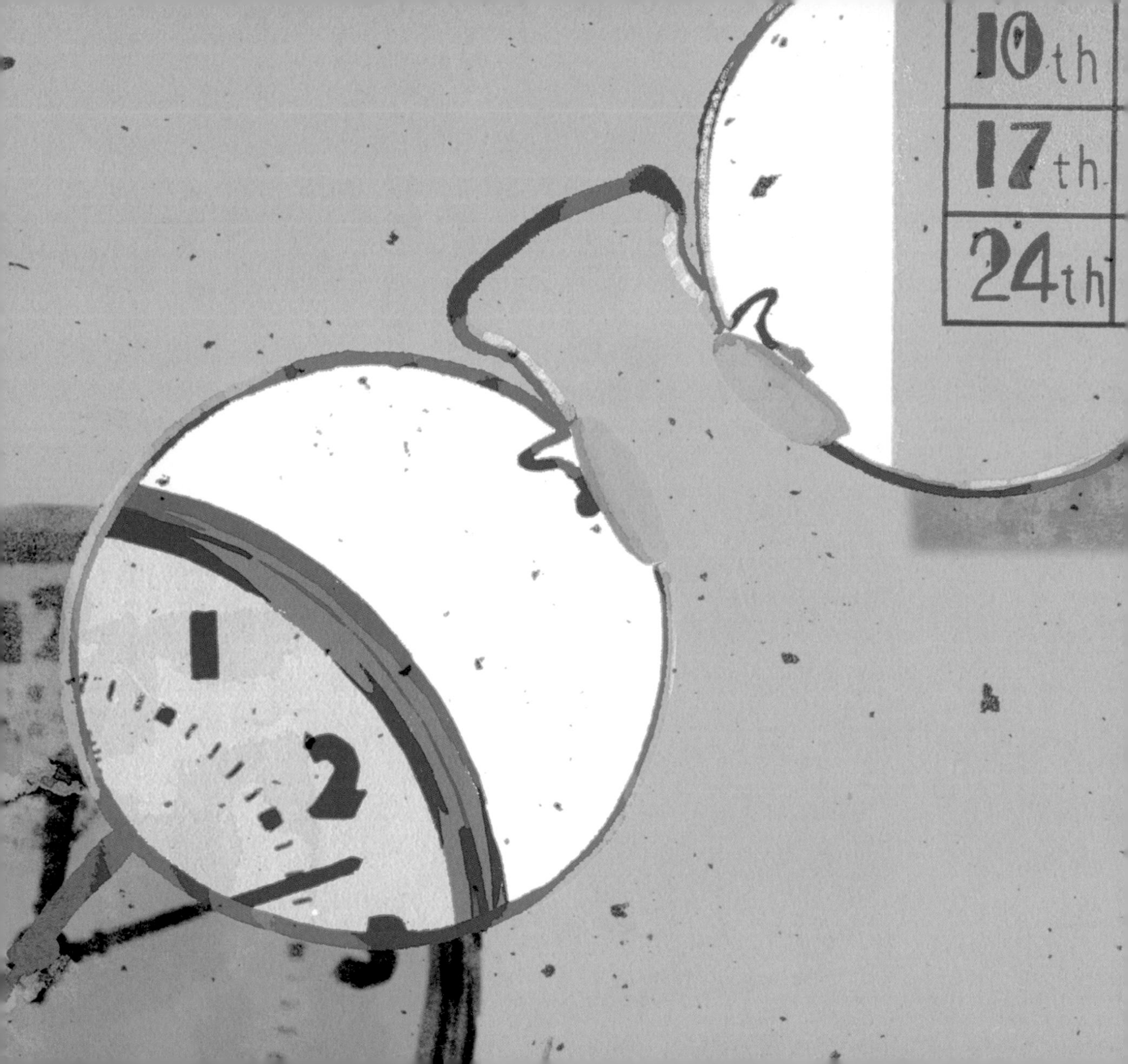
10th
17th
24th

老奶奶闔上窗，坐回椅子上。現在穿針線可說是易如反掌。她將眼鏡戴了摘、摘了戴，就和小孩子拿到新穎的玩意一樣愛不釋手。這是老奶奶第一次戴眼鏡，從鏡片看出去的景象不同往常，令她倍感新奇。

終於，老奶奶摘下眼鏡，擱在櫃上的鬧鐘旁。時候已經不早，她收拾針線打算歇息了。

就在這時，屋門外再度響起篤篤的敲門聲。

老奶奶側耳細聽。

「今夜真不尋常。這麼晚了……這次來的人又是誰呢？」

她忍不住嘟囔，朝鬧鐘瞥了一眼。窗外月色雖仍明亮，其實已是夜深時分。

老奶奶起身往屋門走去。方才門上傳來的是輕柔的篤篤聲，敲門的應該是一隻小手。

「都這個時候了……」老奶奶嘟嘟噥噥地開了門，只見門前站著一個淚眼汪汪的美麗小姑娘，年紀約莫十二、三歲。

「妳是哪家的孩子呀？這麼晚了怎麼還來這裡呢？」老奶奶納悶地問道。

「我在鎮上的香水工廠做事，天天都從白玫瑰裡汲取香水裝進瓶子裡，一直工作到深夜才回家。今晚剛下班，看到月色很美，所以慢慢散步回去，半路卻被石子絆跤傷了腳趾，好疼好疼，而且血流個不停。可是家家戶戶都睡了，走到這邊瞧見奶奶您還沒歇下。

我曉得奶奶是位和藹可親的好人，所以敲了您的門。」有著一頭長髮的漂亮小姑娘說了來龍去脈。

老奶奶在小姑娘說話的時候聞到一股濃郁的芳香，應該是她全身都沁滿了好聞的香水氣味。

「這麼說，妳認得我？」老奶奶問道。

「認得。我時常經過這棟屋子，看見奶奶坐在窗邊縫衣服。」小姑娘回答。

「真是個乖孩子呀！快給我瞧瞧腳趾的傷，才好幫妳上點藥。」老奶奶說完，將她領到了油燈旁。小姑娘伸出玲瓏的腳趾，白皙的趾頭鮮血汩汩流淌。

「哎呀，真可憐，想必是被石子割傷的。」儘管老奶奶嘴裡這麼說，其實她視線模糊，根本看不清楚流血的傷口在哪裡。

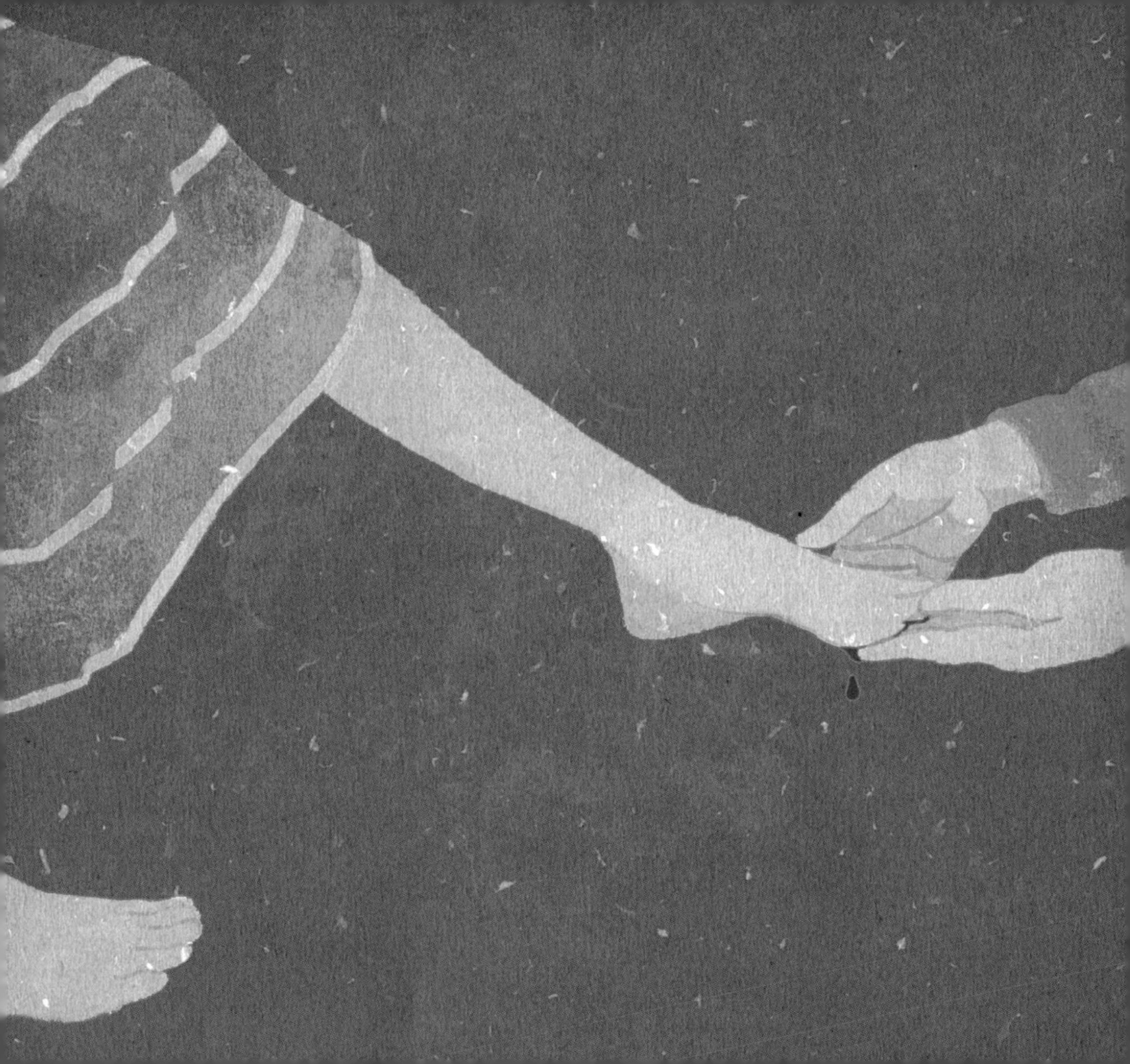

「剛買的眼鏡擱到哪裡去了？」老奶奶伸手往櫃面一陣摸索。

由於眼鏡就擺在鬧鐘旁邊，老奶奶很快便找到戴上，為小姑娘檢視傷口。

戴上眼鏡的老奶奶打算仔細端詳這個時常路過自家門前的小姑娘那張漂亮的臉蛋，這一瞧，老奶奶著實吃了一驚。因為在眼前的並

不是一個小姑娘，而是一隻小蝴蝶！老奶奶想起聽人說過，蝴蝶常在這樣幽靜的月夜化成人形，造訪那些夜深未眠的人家。原來，這是一隻受了腳傷的蝴蝶。

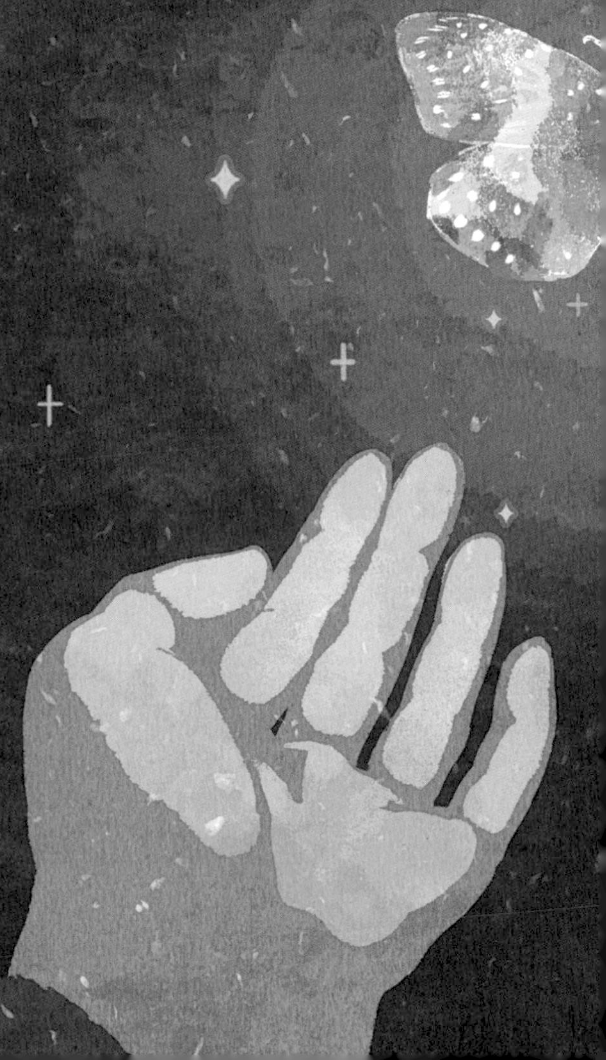

「乖孩子，快隨我來！」老奶奶親切地叮嚀，領著小姑娘踏出門外，繞到屋後的花園。小姑娘安安靜靜地跟在老奶奶後面。

花園裡姹紫嫣紅，百花齊放。白天在這裡到處飛舞的蝴蝶和蜜蜂，此刻顯然皆已於綠葉的遮蔽下酣然入睡，做著甜美的夢了。眼下悄無聲息，唯有月光似水，傾瀉大地。不遠處圍籬旁的野玫瑰簇簇綻放，白若霜雪。

「咦，小姑娘怎麼不見了？」老奶奶倏地停下腳步，回頭張望。方才還跟在身後的小姑娘，不知何時竟消失得無影無蹤了。

「大家晚安。那麼，我也該睡了。」說罷，老奶奶回到屋裡。

皓月當空，今晚的夜色真是太美了。

＊本書之中，雖然包含以今日觀點而言恐為歧視用語或不適切的表現方式，但考慮到原著的歷史背景，予以原貌呈現。

解說

童話的奇想與現實——小川未明〈月夜和眼鏡〉

／洪敍銘

「童心未泯」形容的是人不論成長到了哪個人生階段，都還能保有如兒童一般天真、純潔的心性，若以這樣的視角來看待文學作品，即可發現這些主題讀來雖看似輕鬆，卻必須準確地掌握「童心」與「象徵」之間的關係——如何透過「兒童之眼」進行敘事推演，實際上卻相當困難。

其困難的原因或許在於，幾乎所有的文學作品或創作，俱以「成人」為主體或視角，表現出他們對世界或所身處環境的複雜性之觀察，且正因生活是充滿苦悶、挫敗與失望的，文學往往成為逃避或弭平人生苦痛的形式之一，對童年時光及其物件的文字探尋，遂成為重要的、反身性的回歸，進而達到某種療癒的可能——這也是為什麼許多人常會認為兒童讀物甚或繪本，它們的主要受眾可能還是必須負責「轉譯」的成人之緣由。然而，這個「轉譯」過程所帶來的雙面性，正在於成人思維的嵌入，可能對兒童讀者帶來心靈上的負面影響，更可能模糊了兒童在成長階段必須建立的生活認知（例如１８１２年的《格林童話》初版，就引起了非常廣泛的討論，許多人認為尚未改作的版本，只是披著童話「外皮」的成人暴力故事）（Crystal Chan，２０２０）；另一方面，如果沒有對於「複雜性」的深刻體驗，或者刻意忽略或掩蓋這些複雜性的影響，卻也可能因此讓作品缺乏感動人心的深度。

也因此，「童心」在文學中的展現，究竟是關照兒童讀者閱讀理解歷程與語言，而創造出易讀、易被理解的「淺語」（黃愛真，２０２２），或者是我們只是期待這些作品只要達到「只要你懂事、乖巧，就會過得快樂、幸福」（顏銘新，2022）的樣貌或世界觀即可？

〈月夜和眼鏡〉的作者小川未明，被譽為「日本兒童文學之父」、「日本的安徒生」，創作了超過千篇的作品，活躍於大正時代（1912-1926）以後，即日本民主主義風潮方興未艾之際，它與野口雨情、北原白秋等人以主張作品必須充滿童心、童情、童趣的「童心主義」為倡議，成為日本兒童文學史上最重要的代表作家之一。他的作品擅長以具有象徵性的奇想營造優美的意境，一方面延續日本傳統的「物哀」美學，另一方面又開創了明治時代以來民間故事的樣版模型，同時，他的作品雖然常借用異界（非人）事物或形體的異域設定，卻也賦予了明確的現實意義，甚或略帶有社會主義的色彩，意即他不意圖塑造一個脫離真實的童話世界，而是在充滿寓意的情節中，提供了各種教育的可能。也因此，小川未明的作品並不迴避關於時代／環境／人性的險惡、艱難或苦難，反而強調的是在這些經驗互動中，人們是不是能夠藉由理解與不同的選擇，獲得更好的改變，保留那份最純真的紀念。

本作便充分地展現了小川未明作品中的現實性探索，儘管神奇的眼鏡以及受了腳傷的小蝴蝶的造訪看來極具奇幻的色彩，但故事中的老奶奶對於眼鏡的愛不釋手，正在於戴上眼鏡的清晰，讓她「彷彿回到了數十年前自己還是個姑娘的時代」，這一方面對應著「時而憶想年輕時的自己，時而思念遠方的親友以及住在外地的孫女」的時間探索與人際連結，另一方面，老奶奶一向以

「聽覺」作為對現實世界的認知方式，不論是鬧鐘的滴答聲、吆喝叫賣聲、火車駛過的隆隆作響、風聲或叩門聲，而眼鏡提供了新的感官與認知途徑，也讓她能夠與生活環境產生更為緊密的互動連結。這些敘述的現實性在於，作者並非只是在塑造淺顯易懂的語言文字，而是體現了長者可能面臨的老後情境，以及他們的想望與期盼。

當擁有了視覺感官後，老奶奶也才能開啟與小蝴蝶的奇遇。蝴蝶轉化為人形，自然是「童心」的運用，通過兒童的視角降低了物種界線轉移可能帶來的不適，但更重要的是，文本中老奶奶透過眼鏡辨識出眼前小姑娘的「非人」身分後，仍然以「乖孩子，快隨我來！」、「小姑娘怎麼不見了」將牠視為自己親近的、喜愛的「人」，這層轉換，除了應和老奶奶是位「和藹可親的好人」之外，對於動物的愛護、保持對於新事物的探索與關懷等現實意識，也油然而生。

本作的情節鋪展，看似僅只是記述老奶奶在夜裡的一段「彷如進入了夢鄉」的奇遇，它充滿豐富的想像力，消除了人與自然界看似勢不兩立的界線；然而它也讓我們看見家鄉、以及家裡那位平時安靜、悠閒卻孤獨的長輩，生理感官的退化，可能使他們的生活缺乏目的或知覺，也必須投注更多的關愛與支持。換言之，〈月夜和眼鏡〉作為一篇童話作品，並不意味著小孩在成為成人之外，必須要面對「戳破童話締造的美夢」的殘酷，也不需要在成長的歷程中，磨滅童心以換取成熟的證明，因為這樣的故事茁長於現實世界，儘管消除了奇想的成分，我們對於人性的關懷與己身生命經驗的回顧，仍然是一件必要的事。

童年，是一段「人生珍貴的、並能一再回味的重要階段」，童話或者兒童文學在當代的詮釋意義，必須具備陪伴孩子們成長，以及引領成人們回顧並珍視這份純粹的雙重意義，本作提供了這樣的空間，它並非僅是一味地要求人們回到那個「天真無邪」的時代，而是教導或使人們學習著，如何從成長為人的歷程中，再次看見自己。

參考資料

Crystal Chan（２０２０年７月８日）。〈童話裏都是騙人的？真實原裝版《格林童話》，大概能顛覆你對世界的想像！〉POPBEE。https://reurl.cc/dDKDZq

黃愛真（２０２２年７月14日）。〈兒童文學與張大春的「弱智的淺語」〉。i-Media 愛傳媒。https://www.i-media.tw/Article/Detail/21146

顏銘新（２０２２年９月15日）。〈童書大師看童書：不是把成人的東西「幼稚化」這麼簡單〉。親子天下。https://www.parenting.com.tw/article/5093749

解說者簡介／洪敍銘

文創聚落策展人、文學研究者與編輯。「托海爾：地方與經驗研究室」主理人，著有台灣推理研究專書《從「在地」到「台灣」：論「本格復興」前台灣推理小說的地方想像與建構》、〈理論與實務的連結：地方研究論述之外的「後場」〉等作，研究興趣以台灣推理文學發展史、小說的在地性詮釋為主。

譯者

吳季倫

曾任出版社編輯，目前任教於文化大學中日筆譯培訓班。譯有夏目漱石、谷崎潤一郎、太宰治、三島由紀夫、宮部美幸等多部名家作品。

TITLE

月夜和眼鏡

STAFF

出版	瑞昇文化事業股份有限公司
作者	小川未明
繪師	げみ
譯者	吳季倫
創辦人 / 董事長	駱東墻
CEO / 行銷	陳冠偉
總編輯	郭湘齡
責任編輯	張聿雯
文字編輯	徐承義
美術編輯	謝彥如
國際版權	駱念德　張聿雯
排版	謝彥如
製版	明宏彩色照相製版有限公司
印刷	桂林彩色印刷股份有限公司
法律顧問	立勤國際法律事務所　黃沛聲律師
戶名	瑞昇文化事業股份有限公司
劃撥帳號	19598343
地址	新北市中和區景平路464巷2弄1-4號
電話	(02)2945-3191
傳真	(02)2945-3190
網址	www.rising-books.com.tw
Mail	deepblue@rising-books.com.tw
初版日期	2023年11月
定價	400元